Peter Butschkow, 1944 geboren, studierte Grafik in
Berlin und jobbte als Trommler in einer Rockband. In den
siebziger Jahren arbeitete er freiberuflich als Grafiker
und Zeichner in Berlin. In den letzten Jahren veröffentlichte
er zunehmend mit Erfolg Cartoonbücher. Bei Lappan sind bereits
9 Bücher von Peter Butschkow erschienen. Seine Cartoons sind
regelmäßig in einigen großen Illustrierten zu sehen.
Seine Comicserie "Siegfried" erscheint in der HÖR ZU.

© 1992 Lappan Verlag GmbH
Würzburger Straße 14 · 2900 Oldenburg
Reproduktionen: Litho Niemann · Oldenburg
Gesamtherstellung:
Proost International Book Production
Printed in Belgium
ISBN 3-89082-437-4

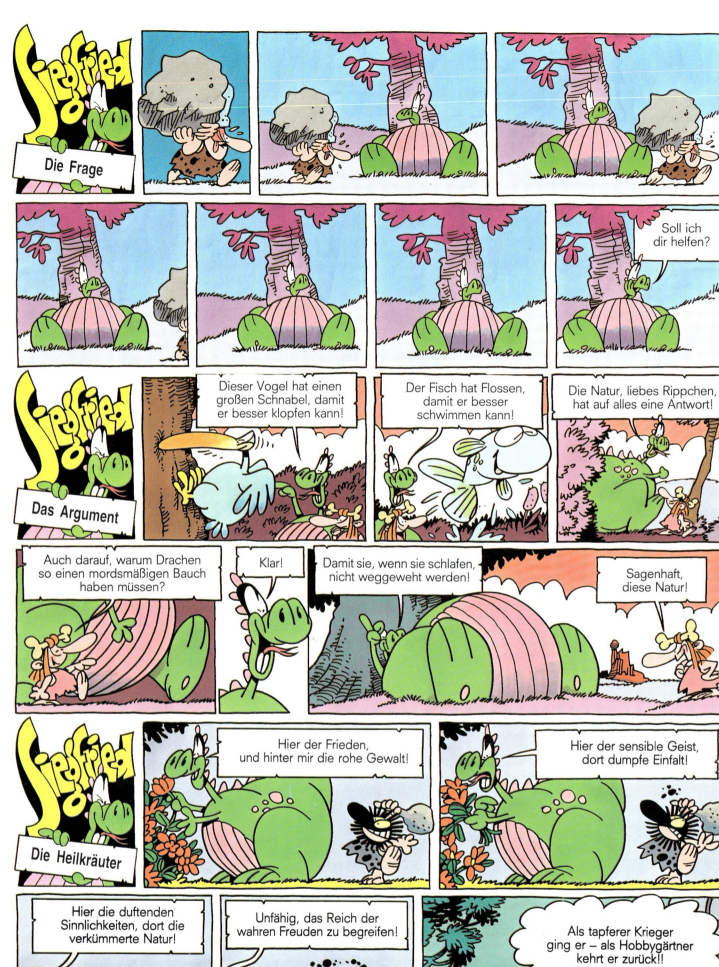

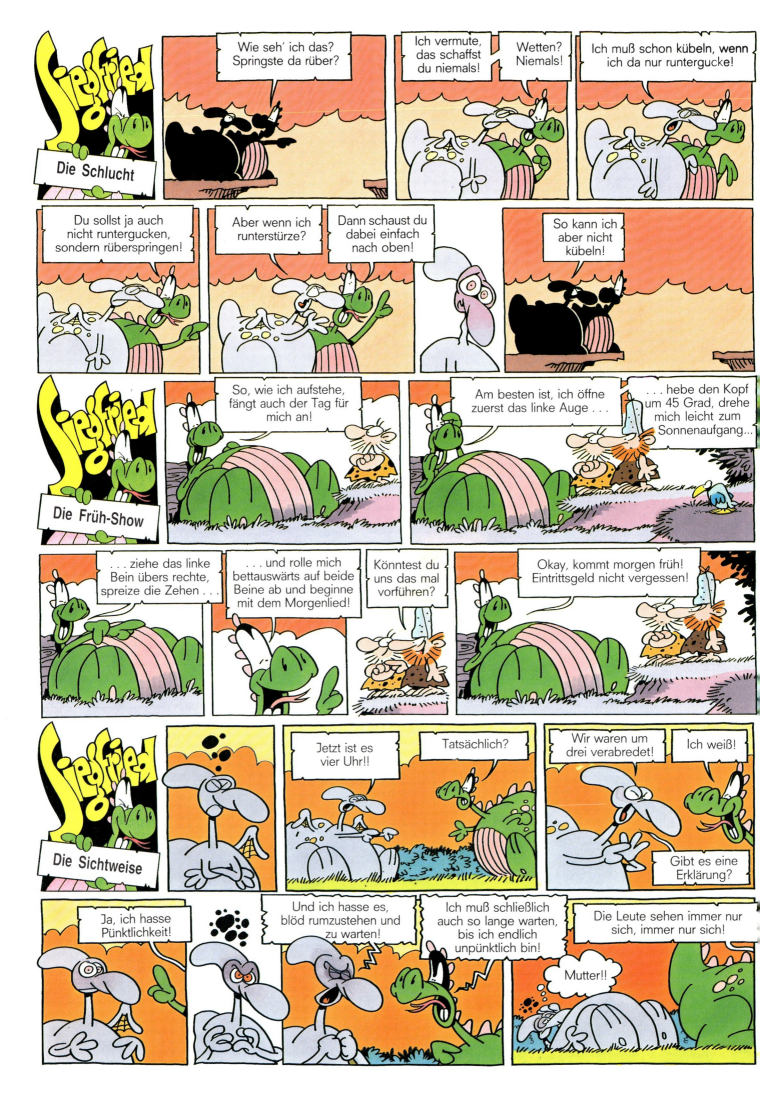

Siegfried

der Star eines Zeitalters, in dem es von Sauriern und Schweinigeln nur so wimmelt! Man nennt ihn den "sanften Grünen mit dem großen Gemüt". Er liebt Bäume, an die er sich gut anlehnen kann und schätzt Tätigkeiten, die er gut ablehnen kann. Allein ihm gehört die Vergangenheit!

Lufthans - Siegfrieds bester Freund (rechts!), träumt von einer eigenen Luftlinie, ohne je richtig hochgekommen zu sein. Bei Ausgrabungen ist bisher nie wieder ein echter Lufthans gefunden worden, das macht diesen Kerl so kostbar.